Die luzide Nahtoderfahrung eines Atheisten

Otto Lebensnebel

Die luzide Nahtoderfahrung eines Atheisten
Eine fiktive Geschichte

Bibliografische Information der Deutschen Nationalbibliothek:
Die Deutsche Nationalbibliothek verzeichnet diese Publikation in der Deutschen Nationalbibliografie; detaillierte bibliografische Daten sind im Internet über http://dnb.dnb.de abrufbar.

Herstellung und Verlag: BoD – Books on Demand, Norderstedt

ISBN: 9783754352311

Gott: „Ich gratuliere. Du hast ein tadelloses Leben geführt und darfst deshalb in die ewige Glückseligkeit eingehen."

Otto: „Aber ich bin doch Atheist! Wahrscheinlich sollte ich besser sagen: Ich war doch Atheist."

Gott: „In der Beziehung bin ich kulant. Ich achte auf den Lebenswandel und nicht darauf, wer was aus welchen Motiven heraus glaubt, oder auch nicht glaubt. Selbst Pascal ist hier und das trotz seiner seltsamen Wette."

Otto: „Ich habe eine Bitte. Können wir uns Siezen? So vertraut, dass ein Du angemessen wäre, war ich zu Lebzeiten nicht mit Ihnen."

Gott: „Ganz wie es Ihnen beliebt."

Otto: „Da nun das geklärt ist, erlaube ich mir Ihnen eine Frage zu stellen. Gibt es die Möglichkeit die ewige Glückseligkeit zu beenden, wenn ich keinen Gefallen mehr an ihr finde? Auch als Atheist habe ich religiöse Schriften gelesen: Diese Frage wurde nicht einmal erwähnt, obwohl sie doch eine immense Bedeutung hat. Denn nur ungern lasse ich mich auf langfristige Projekte ein, wenn mir keine Exit-Möglichkeit offen steht. Und die Ewigkeit ist nun mal sehr, sehr langfristig."

Gott: „Die Möglichkeit die ewige Glückseligkeit zu beenden, ist nicht vorgesehen. Es muss Sie doch glücklich machen, dass Sie auserwählt wurden. Welche Vorstellungen hatten Sie denn zu Lebzeiten vom danach?"

Otto: „Für mich bedeutete der Tod immer totale Auslöschung. Für mich war das danach immer ein Nichts; Schwärze ohne Beobachter. Es ist nicht so, dass mich diese Vorstellung restlos glücklich machte. Wenn ich mir mein Ableben vergegenwärtigte, rebellierte mein Narzissmus gegen die Vorstellung des Nichts-Werdens. Schlimmer war der Tod von Verwandten und Freunden. Die radikale Endlichkeit brachte das Grauen der Endgültigkeit in mein Leben. Alles was ich den Verstorbenen zu Lebzeiten nicht gesagt habe, bleibt für immer

ungesagt, alles was ich ihnen nicht getan habe, bleibt auf ewig un-
getan. Es gibt keine Chance etwas Wieder-Gut zu machen, wenn der
Tod eingetreten ist. Das hört sich etwas pathetisch an, ist aber richtig.
Mildernd ist, dass einen derartige Versäumnisse nur bis zum eigenen
Tod kümmern müssen. Leichen im Keller verschwinden, wenn der
Hausherr stirbt. So zumindest meine Vorstellung."

Gott: „Aber warum wollen Sie dann nicht in die ewige Glückseligkeit
eingehen? Im Paradies könnten Sie doch ihre Verwandten und Be-
kannten wiedersehen."

Otto: „Ein Wiedersehen kann es nicht geben, nur ein Neusehen.
Alles fließt, auch Menschen. Schon Klassentreffen bereiten mir Unbehagen. Ich habe mit den Fremden, die früher meine Klassen-
kameraden waren, nichts mehr zu tun. Es wäre peinvoll meinen
Eltern gegenüberzustehen und - Fremde zu erblicken. Ich bin, seit ich
sie zum letzten mal sah, geflossen, und auch meine Eltern hätten sich
verwandelt, denn auch im Jenseits müsste man sich stetig verändern -
denn nur das Nichts verändert sich nicht. Es kann keine Rückkehr zu
einem vergangenen Zustand geben.

Auch ist es nicht so, dass die vollständige Auslöschung nur Schatten-
seiten hat. Die Endlichkeit verleiht den Dingen Tiefe. Ewige Dinge
wären flach und ohne Bedeutung. Und es ist auch nicht so, dass ich
der Idee des Paradieses nichts abgewinnen könnte. Als Durchgangs-
station auf dem Weg zum Nichts würde ich es schon gerne mit-
nehmen. Aber wenn ich mich auf Gedeih und Verderb der ewigen
Glückseligkeit überantworten muss, dann sage ich: Nein, danke!"

Gott: „Aber warum?"

Otto: „Ich bin nicht für die Ewigkeit geeignet. Es gibt keine Wonnen,
die ich nicht auf Dauer als grauenhafte Folter empfände. Ich sehe nur
zwei Möglichkeiten dieses Problem zu umgehen: Die erste wäre, mich
so umzuformen, dass ich Ewigkeitstauglich würde. Aber in diesem
Fall müsste man mich so massiv verändern, dass meine Persönlichkeit

verloren ginge. Ich wäre dann nicht mehr vorhanden. Die zweite Möglichkeit wäre, die Ewigkeit so umzugestalten, dass sie vom Nichts nicht zu unterscheiden wäre. In beiden Fällen bekäme ich das Nichts."

Gott: „Bevor Sie sich hier in philosophischen Spekulationen verlieren, sollte ich Ihnen noch etwas mitteilen: Ihr Herz hat vor wenigen Sekunden zu Schlagen aufgehört. Sie führen hier keinen Dialog, sondern Ihr bzw. mein, oder besser: das Gehirn führt einen Monolog. Was sich hier abspielt, nennt sich Nahtoderfahrung, wie Du selbstverständlich weißt. Ich kehre angesichts dieser Aufklärung zum Du zurück.“

Otto: „Habe ich mir fast gedacht. Ich war immer viel allein. Da unterhält man sich automatisch mit abwesenden oder auch fiktiven Personen. Gott war bisher nicht mein Gesprächspartner. Also eine Premiere zu später Zeit.“

Gott: „Weshalb hast Du dich nicht mit mir unterhalten, wenn Du doch so gerne mit fiktiven Personen unterhältst? In diesem Bereich bin ich doch für gewöhnlich der erste Ansprechpartner.“

Otto: „Du warst mir immer zu unbestimmt. Lies doch mal die Bücher moderner Theologen! Da bist Du höchstens ein Schemen, wenn Du überhaupt noch was bist. Aber jetzt, da ich mich in einer unbestimmten, höchst seltsamen Situation befinde, kann ich mich auch mit Schemen unterhalten.“

Gott: „Ich muss zugeben: Es ist eine außergewöhnliche Nahtoderfahrung: Kein Tunnel, keine Lichterscheinung, kein Lebensfilm, keine Wiederbegegnung mit Verstorbenen. Aber Du warst ja schon immer ein seltsamer Typ. Seltsame Typen haben nun mal seltsame Nahtoderfahrungen. Da dies jetzt geklärt ist, werde ich dir noch

Gott: „Da bist du ja wieder."

Otto: „War ich weg?"

Gott: „Ja."

Otto: „Wie lange?"

Gott: „Das weiß ich nicht. Du weißt selbst, dass ich du bin. Wie vorher schon gesagt: Du führst ein Selbstgespräch. Ich kann dir nur mitteilen, dass Zeit vergangen sein muss, denn es stehen Ärzte um dich herum und mühen sich an deinem Körper ab. Die waren vorher noch nicht da."

Otto: „Ja, ich kann sie hören. Und fühlen. Sie quetschen meinen Brustkorb zusammen."

Gott: „Sie versuchen dein Herz wieder zum Schlagen zu bekommen."

Otto: „Mein Herz schlägt nicht - und ich bin wieder zu Bewusstsein gelangt?"

Gott: „Das ist richtig. Gelobt sei die Herzdruckmassage. Die pumpt dir sauerstoffhaltiges Blut durchs Gehirn. Deshalb bist du aufgewacht. Du hast Ärzte, die etwas von Reanimation verstehen, denn sie stellen einen beachtlichen Blutdruck her."

Otto: „Und ich bleibe jetzt bei Bewusstsein? Wie lange wird das noch dauern?"

Gott: „Die zweite Frage ist nicht genau zu beantworten. Reanimationen können sich über Stunden hinziehen. Die erste Frage kann ich dir auch nicht beantworten. Kann sein, dass du bei Bewusstsein bleibst, kann aber auch sein, dass du wieder verschwindest. Entweder endgültig, oder vorübergehend. Der erzeugte Blutstrom stellt ein minimales Bewusstsein her. Du kannst zwar hören, was die Ärzte sagen, aber du kannst dich nicht bewegen. Auch nicht sehen. Eine fragile Sache, die jederzeit zerbrechen kann."

Otto: „Ich bin winzig geworden, zusammengeschrumpft auf Hirnteile. Die Ärzte versuchen den Fremdkörper wieder zum

Funktionieren zu bringen. Die Situation sollte mich beunruhigen. Aber ich fühle mich relativ gut."

Gott: „Das sind körpereigene Drogen. Aber um noch einmal auf meine Worte, du hättest eine ungewöhnliche Nahtoderfahrung, zurückzukommen: Ich revidiere mich. Du hast keine Nahtoderfahrung wie die Nahtodexperten sie verstehen."

Otto: „Ich liege hier ohne Herzschlag; ich erlebe unzweifelhaft etwas; und du willst mir ernsthaft weismachen, ich hätte keine Nahtoderfahrung?"

Gott: „Das ist nicht meine Schuld. Das haben die NTE-Koryphäen zu verantworten. Die haben einen Fragenkatalog entwickelt um die Tiefe einer Erfahrung beurteilen zu können, und, um festzustellen, ob jemand überhaupt eine NTE hatte. Und da verfehlst du einfach die nötige Punktzahl. Aber wenn dir so viel daran liegt: Wir können den Greyson-Fragenkatalog abarbeiten. Wir müssen die Zeit irgendwie totschlagen."

Otto: „Da fällt mir ein weises Wort von Alphonse Allais ein: »Alle reden vom Zeit Totschlagen, dabei schlägt die Zeit uns tot.« Mal eine Frage zum Abarbeiten des Fragenkatalogs: Ist das nicht etwas seltsam? So etwas macht man doch hinterher und nicht währenddessen!"

Gott: „Du hast ein Metasterbeerlebnis. Du hast zu viel über Nahtoderlebnisse gelesen. Hast dir alles reingepfiffen, was der Markt so hergab. Angefangen von den alten Propheten wie Moody und Kübler-Ross bis hin zu den neuen Stars wie van Lommel und Parnia. Und jetzt kommt alles wieder zum Vorschein. Lass mich beginnen: Fühlst du eine Beschleunigung der Zeit, oder eine Verlangsamung?"

Otto: „Nein. Oder vielmehr: Keine Ahnung. Wie soll ich das Beurteilen können? Ich sehe nichts, ich höre nichts, ich habe keinen Maßstab."

Gott: „Dafür bekommst du null Punkte. Beschleunigen sich deine Gedanken?"

Otto: „Sagen wir mal ja. Sie flutschen ganz schön dahin. Oder vielmehr: Sie scheinen dahinzuflutschen. Wie eben gesagt: Ich habe nichts zum Vergleichen."

Gott: „Gut. Einen Punkt haben wir. Mindestens sechs brauchen wir noch, um das als echte NTE bezeichnen zu können. Erinnerst Du dich an Geschehnisse aus deiner Vergangenheit?"

Otto: „Ja. An die peinlichen auf alle Fälle. Die habe ich jederzeit griffbereit."

Gott: „Wieder ein Punkt. Scheinst Du plötzlich alles zu verstehen?"

Otto: „Nö."

Gott: „Biste wenigstens glücklich?"

Otto: „Das wäre zuviel gesagt. Gelassenheit ja, aber nicht mehr."

Gott: „Kein Punkt. Fühlst Du Harmonie mit dem Universum?"

Otto: „Nein. Ich schramme immer noch durch den Kosmos wie ein langer Fingernagel auf einer Schultafel."

Gott: „Siehst Du ein strahlendes Licht?"

Otto: „Vorher mal, als mir jemand in die Augen leuchtete, um Pupillenreflexe zu prüfen."

Gott: „Na gut, ein Punkt. Sind deine Sinne schärfer als sonst?"

Otto: „Nö."

Gott: „Siehst Du Dinge, die anderswo vor sich gehen? Also irgendwie auf außersinnliche Weise."

Otto: „Nö."

Gott: „Siehst Du Ereignisse aus der Zukunft?"

Otto: „Spinnst Du?"

Gott: "Fühlst Du dich getrennt von deinem Körper?"

Otto: „Auch nicht. Es geht mir ziemlich auf den Sack, so viele Fragen mit Nein beantworten zu müssen. Bei solchen Fragekatalogen werde ich trübsinnig."

Gott: „Glaubst Du eine unirdische Welt zu betreten?"

Otto: „Nö."

Gott: „Hast Du das Gefühl einem mystischen Wesen zu begegnen, oder hörst Du eine undefinierbare Stimme?

Otto: „Nein, Du zählst ja nicht."

Gott: „Siehst oder fühlst Du Verstorbene oder religiöse Geister?"

Otto: „Nein."

Gott: „Siehst Du eine Grenze?"

Otto: „Nein."

Gott: „Tja, damit steht fest: Du hast keine Nahtoderfahrung. Nur drei kümmerliche Punkte."

Otto: „Dann habe ich eben keine Nahtoderfahrung. Ist mir schnuppe. Dann habe ich eben eine andere Erfahrung. Passt zu mir. Ich war schon immer der Andere. Irgendwie passe ich nicht zu etwas Bestehendem. Während meiner Schulzeit sagte mir mal ein Lehrer

Otto: „Verdammt! Was war denn das?"

Gott: „Der Defibrillator."

Otto: „Fühlt sich an als würde mir ein Schwergewichtsboxer eine reinhauen. Ich war nie ein Freund von Wiederbelebungen. Ich war schon weg. Im Nichts. In Sicherheit. Und jetzt werde ich wieder ins Leben geprügelt."

Gott: „Selber schuld. Du warst immer zu faul eine Patientenverfügung auszufüllen. Du musst dich ablenken. Träum dich ins Paradies!"

Otto: „Der Islam behauptet angeblich, dass man nach dem Tod zweiundsiebzig Jungfrauen zugeteilt bekäme. Angeblich, weil die Zahl nirgendwo im Koran auftaucht und es umstritten ist, ob bei den Jungfrauen nicht einfach ein Übersetzungsfehler vorliegt. Manche Forscher behaupten, dass von Fruchtkörben die Rede war. Auch nicht schlecht, aber die Ewigkeit mit Früchtemampfen zu verbringen, hört sich nicht besonders aufregend an. Aber angenommen man bekäme wirklich die Huris. So ein handgreifliches körperliches Jenseits gefiele mir deutlich besser als das christliche."

Gott: „Keine unkeuschen Gedanken bitte! Du brauchst alles Blut im Hirn. Du willst doch nicht an einer Erektion sterben."

Otto: „Man erträumt sich halt vom Paradies das, woran es einem im Leben mangelte. Ich als satter Westeuropäer musste keine Lebensmittel entbehren. Aber ich war zeitlebens chronisch untervögelt. Deshalb erscheint mir ein sexuell freizügiges Paradies deutlich attraktiver als ein kulinarisches. Natürlich würde das auch auf Dauer langweilig. Ich bleibe dabei, dass der Mensch nicht ewigkeitstauglich ist. Aber so eine nachtodliche Orgie hätte schon Reize."

Gott: „Unterhalten wir uns lieber über was Ödes. Zum Beispiel über Willensfreiheit oder den Sinn des Lebens."

Otto: „Wenn Du zweiundvierzig sagst, dann klebe ich dir eine. Was soll der Sinn der Menschheit sein? Sie ist zufällig entstanden, wird sich noch ein paar hundert, tausend oder Millionen Jahre durchs Universum schleppen und dann sang- und klanglos abtreten. Der einzelne Mensch ist genauso sinnlos wie die gesamte Menschheit. Ist halt heute da und morgen weg. Kein Hahn kräht danach. Wer einen Sinn braucht, befindet sich schon auf der Verliererstraße. Darum sind Menschen die Clowns der Erde. Laufen Göttern nach, jagen unter Volldampf Idealen hinterher, die von der nächsten Generation verworfen und durch konträre, ebenso unsinnige Ideale ersetzt werden. Das Gehirn des Menschen ist zu groß, um ihm ein würdevolles Leben zu gestatten."

Gott: „Du kannst dich gar nicht bewegen, also ist nichts mit kleben. Von mir aus: Wenn dir der Lebenssinn nicht zusagt, dann sprechen wir eben über die Willensfreiheit."

Otto: „Wenn es denn sein muss. Solche Debatten bringen nichts. Der Mensch gehört nicht zur Grundausstattung der Welt. Er ist etwas Zusammengesetztes, das sich wieder auflösen wird. Freiheit kann es für solche Geschöpfe nicht geben. Oder vielleicht doch: Findige Philosophen finden Freiheit mit dem Determinismus verträglich. So können sie sich die Unfreiheit schönreden.

Du müsstest doch eigentlich auch deterministisch ablaufen, oder zufällig. Irgendetwas müsste in dir ticken, damit du zu deinen Entscheidungen gelangen könntest und dir zurechenbar wären. Echte Freiheit, so wie man sie sich vorstellt, gäbe es auch für dich nicht und auch für kein sonstiges Wesen, denn sie ist eine unmögliche Angelegenheit. Man kann so eine Freiheit ja nicht mal aussprechen. Etwas was nicht zufällig ist und auch nicht bestimmt durch Vorhergehendes: Was soll denn das sein? Wie immer begehrt der Mensch Unmögliches."

Gott: „Die Suchen nach dem Stein der Weisen und dem Jungbrunnen verliefen auch ergebnislos."

Otto: „Ja, so ist er der Mensch. Er begehrt Freiheit, Gold und ewige Jugend. Na gut, Gold kann man wirklich bekommen. Aber halt nicht jeder. Wenn jeder Gold besäße, dann wäre es nichts mehr wert."

Gott: „Machen wir es wie der Protagonist in Zweigs Schachnovelle. Spielen wir eine Partie."

Otto: „Ich spiele gern Schach, seitdem man es übers Internet machen kann und niemandem mehr gegenüber sitzen muss. Meine Spielstärke ist eher bescheiden. Eröffnungskatastrophen sind mein Steckenpferd. Aber ohne Brettansicht bringe ich nicht mal die hin."

Gott: „Schade. Nichts kann einen so vom Leben ablenken wie Schach. Ist man in einem Spiel drin, dann existiert nichts anderes mehr. Ein altbewährtes Mittel gegen die Unbilden der Realität."

Otto: „Schach ist ein uraltes Spiel, wirkt aber seltsam modern. Die Dame ist die mächtigste Figur, während der König nur herumtrippeln kann und hoffen muss, dass ihn die anderen Figuren verteidigen. Noch moderner anmutend: Ein Bauer kann sich in eine Dame verwandeln. Am modernsten scheint, dass sich der Bauer in ein Pferd umwandeln kann. Ist auch in Ordnung. Ein bisschen Pet-Play hat noch keinem geschadet."

Gott: „Du hast wohl einen Clown gefrühstückt? Bewahre dir deinen Humor. Du wirst ihn noch brauchen.

Gott: „Na, wieder da?"

Otto: „Ich war gerade in einer anderen Welt. In einer Eiswelt. Schnee bis zum Horizont. Eine schwarze Sonne warf trübes Licht. Ich sah Zombies, die mich jagten. Naja, jagen kann man nicht sagen. Sie torkelten mir hinterher. Es waren klassische Zombies, nicht die modernen, schnellen. Nirgendwo Deckung, keine Waffe. In so einer Umgebung können Zombies effektiv agieren, weil sie ihrer Beute tagelang hinterherschlurfen können. Diese Dinger ermüden nicht. Dinger ist ein seltsamer Ausdruck. Meine Eltern waren unter ihnen."

Gott: „Das ist Ausdruck der Schuldgefühle, die Du den Eltern gegenüber empfindest. Deine Halluzination erstaunt mich nicht. Zombies waren immer dein Ding. Und außerdem beglückwünsche ich dich: Du hast nun die nötige Punktzahl für eine NTE erreicht. Für die fremde Welt bekommst Du zwei Punkte und für die Verstorbenen ebenfalls zwei. Damit liegst Du bei sieben."

Otto: „Ja, Zombies interessieren mich. Ich schau immer die einschlägigen Filme und Serien. Zu Unrecht gilt das Genre als primitiv. So viel Sozialkritik wie George A. Romero nebenbei transportierte, ließ die bemüht engagierten Filme ganz alt aussehen. Was erwartet man von guten Zombiefilmen? Erstens die Herstellung einer elegischen Grundstimmung, zweitens philosophische Tiefe. So ein Film kann ein existentielles Drama sein, der sich mit der Stellung des Menschen in der Welt auseinandersetzt und die Verlorenheit des Menschen im Universum herausarbeitet. Interessante ethische Fragen können nebenbei behandelt werden. Und drittens erwartet man die Darstellung sinnloser und exzessiver Gewalt. Natürlich gibt es auch viele Schrott-Zombiefilme, die sich allein dem dritten Aspekt widmen."

Gott: „Eklig finde ich, dass dem Helden der Geschichte immer eine volle Ladung Hirnmasse oder Innereien ins Gesicht spritzen muss. Was der Cumshot beim Porno ist die Eingeweidedusche beim

Zombiefilm. Im übrigen glaube ich, dass Zombiegeschichten die Abenteuergeschichten in einer entzauberten Welt sind. Es gibt keine unerforschten Inseln mehr, auf denen die modernen Robinsons stranden könnten. Also landen sie in den Städten. Der Ort ist vertraut, aber die Situation ist fremd."

Otto: „So vertraut sind die Orte auch nicht mehr. Menschenleer und ohne Strom – da entsteht schnell das Gefühl des Unheimlichen. Die Menschen sind einander auch fremd geworden. Es gibt keine staatliche Ordnung mehr. Eine spannende Situation: Fallen sie übereinander her oder verhalten sie sich solidarisch?"

Gott: „Das hängt wohl von der Zahl der Überlebenden ab. Gibt es nur noch ein paar Überlebende, dann werden sie einander helfen, aber wenn es viele gibt, dann entbrennt der Kampf um Nahrung. In guten Zombiefilmen scheitert der Mensch oft nicht an den Zombies, sondern an sich selbst."

Otto: „Gute Filme kommen kaum noch raus. Das Zombiegenre ist bald am Ende. Die ersten fühlenden Zombies sind schon aufgetaucht. Damit treiben sie schon im Kielwasser der Vampire. Bald werden die Zombies dann ums Lagerfeuer sitzen, über ihre Gefühle reden und sich romantische Geschichten erzählen. Töten dürfen sie – wenn überhaupt noch – nur Leute, die das verdienen. Also Mörder, deren Schuld unzweifelhaft feststeht, die aber wegen Verfahrensfehlern freigesprochen wurden. Der Zombie kann dann der Exekutor des gesunden Volksempfindens sein. Nicht mehr Kreatur einer indifferenten Welt, die sich ihre Opfer wahllos holt."

Gott: „Ich denke, Du hast es überlebt. Ich kann keine Wiederbelebungsanstrengungen mehr wahrnehmen. Du scheinst jetzt auf der Intensivstation zu liegen."

Otto: „Na gut. Irgendwie bin ich ängstlicher als vorher. Vorher starrte mich das Nichts an, jetzt die Fratze eines unklaren Schicksals. Machen wir lieber weiter mit unserem Gespräch: Warum machst Du eigentlich kein Paradies auf Erden? Kannst Du das nicht, oder willst Du das nicht?"

Gott: „Jetzt kramst Du noch die Theodizee raus."

Otto: „Da bist Du empfindlich. Weil Du keine Antwort darauf hast. Die größten Philosophen haben zu deiner Verteidigung nur lächerliche Antworten vorbringen können."

Gott: „Wenn Du so anfängst, dann ignoriere ich dich einfach!"

Otto: „Glaube ich dir aus zwei Gründen nicht. Erstens: Jemandem mitzuteilen, dass man ihn ignoriert, ist der faux pas des Ignorierens. Genausogut kannst Du jemandem hinterherlaufen und ihm sagen, dass du weg bist. Zweitens: Man kann sich selbst nicht dauerhaft ignorieren, also lass es!"

Gott: „Da erkennt man den echten Atheisten. Selbst im Selbstgespräch betonst Du meine Fiktionalität. Das würdest Du nicht machen, wenn Du dich mit Buddha, Kant oder Donald Duck unterhalten würdest."

Otto: „Buddha und Kant kenne ich zu wenig um wirklich befriedigende Selbstgespräche führen zu können und mit Donald Duck wäre die Unterhaltung etwas einsilbig. An Dir gefällt mir deine Schwammigkeit. Ich kann aus Dir machen, was ich will. Begonnen habe ich meine NTE ja mit einem modernen, toleranten Gott. Ich kann dich jederzeit in einen rächenden oder auch sadistischen Gott verwandeln. Der Zustand der Welt legt Letzteres nahe."

Gott: „Na gut. Dann schenke ich Dir weiter meine Aufmerksamkeit und stelle fest, dass ich euch Menschen den freien Willen geschenkt habe und ihr somit selbst für euer Geschick verantwortlich seid."

Otto: „Ach menno. Ich habe Dir vorher erklärt, dass es mit dem freien Willen nicht so weit her ist. Aber geschenkt. Es gibt so viel Leid, das willensunabhängig auf die bewussten Lebensformen einprasselt. Krankheiten und Tsunamis in ihrem Lauf, hält weder Gott noch der freie Wille auf."

Gott: „Gegen manche Krankheiten könnte man schon etwas unternehmen. Beispielsweise nicht Rauchen und nicht so viel Zucker in sich reinscheffeln, oder regelmäßig Sport betreiben. Aber ich muss zugeben: Früher oder später kommen auch dann Erkrankungen. Eine bessere Welt war nicht möglich."

Otto: „Jetzt berufst Du dich auf Leibniz. Damit untergräbst Du Jenseitshoffnungen. Wenn Du das Argument vorbringst, dass dies die beste aller möglichen Welten sei, also Du keine bessere Welt schaffen konntest, dann ist es unlogisch, sich ein Paradies nach dem Tode zu erwarten. Denn diese postmortale Welt wäre zwangsläufig wieder mit Leid durchwirkt. Du kannst es ja nicht besser. Nun gut, das Theodizeeproblem stellt sich erst, seitdem man dich als allmächtig und allgütig gedacht hat. Wenn man dich als nicht gütig annimmt, dann löst sich das Problem auf. Ich hatte nie eine gute Meinung von dir. Schließlich habe ich die Bibel gelesen. Denn was da drinnen steht, zum Beispiel: »Denn ich, der Herr, dein Gott, bin ein eifersüchtiger Gott; Bei denen, die mir feind sind, verfolge ich die Schuld der Väter an den Söhnen, an der dritten und vierten Generation«, weist doch eher auf ein armes Würstchen denn auf einen gütigen Weltenherrscher hin. Und die Figuren, derer du dich annimmst, entwickeln sich nicht gerade zum Positiven. Moses wird unter deiner Obhut zum Massenmörder. Vorher in Ägypten war er höchstens Totschläger, aber unter deiner Leitung, ließ er Anhänger des goldenen Kalb Kultes niedermetzeln und Gefangene unterlegener Völker hinrichten."

Gott: „Das ist doch alles Altes Testament."

Otto: „Im Neuen Testament findet sich auch genug, das gegen dich spricht. Beispielsweise die Verkündung Jesu, dass er nicht gekommen sei Frieden zu bringen, sondern das Schwert. Dass er Vater mit Sohn entzweien will, Mutter mit Tochter, und Schwiegertochter mit Schwiegermutter. Genau das spricht doch gegen dich: Diese Art der Versteckspiel-Offenbarung zerstört Familien, denn die einen hängen dem alten Glauben an, während andere zum neuen Glauben wechseln. Dein Versteckspielchen hat Kriege und Greuel aller Art ausgelöst. Von einem allmächtigen Wesen kann man doch erwarten, dass es sich so offenbart, dass jeder es versteht. Und sag jetzt ja nicht, dass Du dem Menschen dann seine Freiheit nähmst. Man könnte sich dann immer noch gegen dich entscheiden und sagen, dass Du doch nicht so toll wärst und man dir keine Gefolgschaft leisten sollte. Bisher hat man keine echte Wahl. Eine echte Wahl basiert darauf, dass man weiß, für was man sich entscheidet. Soll man jedem glauben, der sagt er sei von Gott inspiriert? Da hat man viel zu tun und man muss Widersprüchliches glauben. Soll man der Religion Glauben schenken, die die Eltern hatten und in deren Einflußsphäre man sozialisiert wurde? Kommt mir sehr chauvinistisch vor. Aber wir waren beim Neuen Testament stehengeblieben. Die Apostel-Geschichte von Hananias und Saphira, die beide tot umfallen, weil sie etwas vom Geld zurückbehielten, als sie ihren Acker verkauft hatten, lässt dich nicht sympathisch erscheinen. Wenn es um Geld geht, dann ist von Verzeihung und Barmherzigkeit keine Spur mehr zu finden. Hier sieht man die Strategie: Die Schäfchen mussten alles abdrücken, damit sie später nicht mehr aus der Sekte aussteigen konnten. Diese Unbarmherzigkeit findet sich schon in Jesu Forderung, die Familie aufzugeben und sich ihm zu überantworten. »Lass die Toten ihre

Toten begraben«, sagte er laut Bibel zu jemandem, der noch seinen Vater begraben wollte. Das ist das Erfolgsgeheimnis des Christentums: Den Leuten den Rückweg abzuschneiden. Hätte es damals schon ein Sektenaussteigerprogramm gegeben, das Ausstiegswilligen eine gangbare Alternative angeboten hätte, dann wäre uns vielleicht das Christentum erspart geblieben."

Gott: „Was soll denn *uns* heißen? Wenn das Christentum schon in der Anfangsphase erloschen wäre, dann gäbe es keinen der Menschen, die heute die Erde bevölkern. Ändert man eine Sache, dann ändert man alles."

Otto: „Also wäre uns nicht nur das Christentum erspart geblieben, auch wir wären uns erspart geblieben. Noch besser!"

Gott: „Dafür dürften, in deiner Sprache: müssten jetzt andere Leute leben. Um die Menschheit aus der Existenz zu werfen, müsste man schon einem Dinosaurier auf den Fuß treten oder eine Kreidezeitfliege verschlucken. Aber deine Litanei gegen mich ist schon erstaunlich. Warum beschäftigst Du dich überhaupt mit mir und warum schimpfst Du auf mich. Nichtexistente Wesen können nichts für die Weltsituation."

Otto: „Damit ziehst Du die letzte Trumpfkarte in der Theodizeedebatte. »Die einzige Entschuldigung Gottes ist, dass er nicht existiert«, hat Stendhal mal gesagt, oder soll es zumindest mal gesagt haben. Das hört sich plausibel an. Es gibt ja nichts, was auf dich hindeutet. Es gibt die Welt. Das bedeutet aber nicht, dass sie jemand gemacht haben muss. Zumal den Weltschöpfer ja seinerseits jemand gemacht haben müsste. Und so fort. Und wenn man sagt, dass es etwas Unerschaffenes gibt, dann kann man annehmen, dass die Welt das Unerschaffene sei. Hört sich besser an als ein personales Wesen, das einfach so ohne Anfang existiere."

Gott: „Du weißt nicht, wie die Welt entstanden ist, was Zeit ist, wie die Welt funktioniert, oder verstehst Du etwa die Quantenmechanik?

Glaubst Du nicht, dass es angesichts deiner Beschränktheit überheblich ist, mich auszuklammern?"

Otto: „Ich weiß so vieles nicht. Aber ich weiß, dass ein Gott eine schlechte Antwort ist auf eine Leerstelle des Wissens. Mich stört Leere nicht. In meiner Jugend war ich anders. Da wollte ich alles wissen. Ich mag Kosmologie noch immer, aber mehr um ein Gefühl des Rätselhaften zu erwecken. Gewissheiten erwarte ich keine."

Gott: „Wenn Du schon mir keinen Raum zubilligen willst, dann halt doch ein Plätzchen für den Zweifel frei; sei ein Agnostiker."

Otto: „Die meisten Agnostiker sind nicht neutral. Die tendieren schon von vornherein Richtung Glaube. Denn viele schwanken zwischen Zweifel und Christentum und werden dann irgendwann Christ. Es ist mir unverständlich, wie man so plötzlich vom Zweifel zum Christentum gelangen kann. Christentum setzt eine Menge an Sachen voraus, die geglaubt werden müssen. Vom Zweifel zum Glauben an einen Gott, über den man nichts aussagen kann: Das könnte ich noch verstehen, wenn auch nicht nachvollziehen. Aber dass man vom Zweifel ins volle Paket Glauben springt, das finde ich verdächtig. So ausgewogen waren die vorher wohl nicht. Und außerdem: Warum diese ganze Agnostiziererei? Niemand ist agnostisch in Bezug auf Elfen und ähnliche Wesenheiten; weshalb wird um Gott dieses Tamtam überhaupt veranstaltet? Solange es keine Hinweise auf Gott gibt, bleibe ich Atheist. Aber wir waren bei Dir stehengeblieben:

Schimpfen auf Gott ist für religiös sozialisierte Menschen wie Schimpfen aufs Wetter. Es bewirkt nichts, aber man fühlt sich besser."

Gott: „So sicher kannst Du dir da nicht sein. Zumindest nicht, wenn das Schimpfen lautstark geschieht. Verbalitäten erzeugen Schallwellen und damit Wirkungen, die außerhalb der Berechenbarkeit liegen. Schmetterlingseffekt und so. Du könntest mit deinen Wetter- und

Gottesbeschimpfungen einen Hurrikan auslösen, oder auch verhindern."

Otto: „Das stimmt. Leider oder zum Glück weiß man nicht, was man unintendiert so alles verursacht oder unterbunden hat."

Gott: „Was ist eigentlich eure Rechtfertigung für die von euch verursachten Übel in der Welt? Euch Menschen gibt es ja wirklich. Daran besteht kein Zweifel, behaupte ich mal. Wir wollen uns schließlich nicht in die Niederungen des Solipsismus begeben. Anklagen ist leicht, aber unter Anklage stehen nicht so schön. Jetzt, da ich tot bin, kann ich quasi die anklagende Stimme aus dem Nichts heraus sein."

Otto: „Das macht mir nichts aus. Da rennst Du sogar offene Türen bei mir ein. Ich habe mich nie besonders gemocht und ein Menschenfreund bin ich auch nicht. Also kann ich unbeschwert loslegen: Der Mensch ist ein Schädling für Flora und Fauna. Breitet sich explosionsartig aus. Den daraus resultierenden Raumforderungen fällt viel Natur zum Opfer, denn die Leute wollen Nahrung und müssen irgendwo wohnen. Der Mensch verursacht auch viel Mist an anderen Menschen. Nun, man kann sagen, dass das alles zwangsläufig ist. In dieser deterministischen Welt sind Menschen Marionetten, die von unsichtbaren Fäden gespielt werden. "

Gott: „Ja, ja, ihr könnt nicht anders. Das ändert nichts an euren Wirkungen."

Otto: „Rechtfertigen könnte man das Treiben der Menschen nur mit einem Blick, der in die Zukunft gerichtet ist. Wenn man davon ausgeht, dass es der Menschheit gelingen wird, einen Schutzschirm gegen heranbrausende Asteroiden zu installieren, dann könnte es sein, dass eines Tages der Homo sapiens wirklich als Retter des Lebens auftreten könnte."

Gott: „Ja, ja, in der Zukunft wird der Mensch der strahlende Held sein; die Gegenwart schaut nicht so rosig aus. Massentierhaltung, schockierende Zustände in Schlachthöfen, Überfischung und vieles mehr. Menschen verursachen einen Kohlendioxid-Ausstoß, der nach Meinung von den meisten Klimaforschern die Erde in eine Heißzeit befördert."

Otto: „Wenn man die auf der Erde herrschenden Temperaturen mit der Zurschaustellung der richtigen Gesinnung beeinflussen könnte, dann hätten allein die Deutschen unseren Planeten schon in eine Eiszeit katapultiert. Aber so leicht ist es nicht. Man müsste auch wirklich etwas machen. Und auch Unterlassen. Aber wer will schon verzichten? Da sehe ich schwarz für die Zukunft. Einzig die Abschaffung der Menschheit brächte nachhaltige Hoffnung. Wälder könnten sich wieder ausbreiten, Tiere ihren Lebensraum rückerobern, keine Maschinen setzten Abgase frei. Aber das sind für mich nur Nebenkriegsschauplätze. Die Umweltproblematik ist nicht die Triebfeder meines Wunsches nach Abschaffung der Menschheit. Mein Hauptthema ist das Bewusstsein. Bewusstsein verursacht Leid. Unausweichlich."

Gott: „Das Leben ist kein Pony-Hof!"

Otto: „Das sagst Du so leicht daher. Das heißt: Mit Unfreundlichkeiten, Leiden ist zu rechnen. Warum soll man Kinder in diese Nicht-Pony-Hof Welt werfen? Das mindeste, wenn man schon jemand in diese Welt stößt, wäre doch garantieren zu können, dass man dem Geworfenen einen gewissen Event- und Wohlfühlcharakter bieten kann, als Ausgleich für die unvermeidbaren Übel. Aber auch das wäre mir zu wenig. Bewusstsein macht unglücklich. Des Menschen Neigung einen anderen Bewusstseinszustand zu erreichen, hat schon für viel Unglück gesorgt. Alkoholismus, Drogenmißbrauch zeugen vom Unbehagen am normalen Bewusstseinszustand."

Gott: „Na, das klingt nach verzärteltem Mitteleuropäer. Leben hat leicht und unkompliziert dahinzulaufen, und wenn es Probleme gibt, dann wünscht man sich gleich, dass man nie geboren worden wäre."

Otto: „Der Gedanke, dass es besser wäre, nie gezeugt worden zu sein, ist alt und beileibe nicht auf den westlichen Kulturkreis beschränkt. Der arabische Philosoph und Dichter Abu-l'Ala al-Ma'arri hat dies schon vor tausend Jahren gewusst und griechische Tragödienschreiber vor noch längerer Zeit. Nicht zu vergessen: Seneca, der da einst sprach, dass es das größte Glück sei, nie geboren zu werden. Der Gedanke ist bestechend einfach: Wer nie gezeugt wird, der leidet auch nicht."

Gott: „Wer nie gezeugt wird, der ist nicht da. Niemand könnte die Erhabenheit des Universums würdigen. Ihr seid die Sinnesorgane des Universums. Es ist ein Geschenk die Schönheit des Alls genießen zu dürfen."

Otto: „Jetzt werde mal nicht so pathetisch. Die Beschauung des Universums ist nur ein Randaspekt im menschlichen Leben. Das Leben wird überlagert von ganz anderen Dingen, die weniger ein Geschenk als vielmehr eine Bürde sind."

Gott: „Man kann doch nicht so sang- und klanglos abdanken. Die Zivilisation darf nicht enden."

Otto: „Ja, ja, die Kacke muss am Dampfen gehalten werden. Der Sinn des Lebens ist es Kinder zu machen. Aber wozu sind die Kinder da? Die sind dann auch dazu da ihrerseits den genetischen Staffelstab weiterzugeben. So als gäbe beim Erduntergang ein Fleißbildchen für langes Dagewesensein."

Gott: „Ihr Antinatalisten bekommt jedenfalls den Darwin-Award verliehen."

Otto: „Ja, den nehme ich. Als Preis für den erfolgreichen Evolutionsausstieg."

Gott: „Jetzt stellst Du dich nach Gott und Mensch auch noch gegen die Natur. Die Evolution – an die ich trotz anderslautenden Gerüchten auch glaube - hat jedem Wesen ins Stammbuch geschrieben: Pflanze dich fort! Vermehre dich! Das ist das wichtigste im Leben. Es gibt viele Tiere, die des Nachwuchses willen ihr eigenes Leben opfern. Kraken fressen nichts mehr, wenn sie ihren Nachwuchs bewachen, männliche Spinnen lassen sich auffressen und männliche Breitfuß-Beutelmäuse ficken sich buchstäblich ihr Immunsystem raus. Und dann kommst du daher und sagst: Leben ist nicht so toll, also lassen wir das Kinderzeugen eben bleiben. Das ist anmaßend!"

Otto: „Die Evolution ist ein Prozess ohne Sinn, Moral oder Verstand. Man kann sich nicht gegen sie versündigen. Schau Dir mal an, wie viel Lebewesen die vielgelobte Evolution verschleißt. Da stürzen sich Raubtiere auf ihre Beute und warten mit dem Fressen oft nicht, bis das Opfer tot ist. Da werden Tiere von Parasiten gequält. Artgenossen konkurrieren um Nahrung und müssen um Fortpflanzung kämpfen. Sieger gibt es keine. Wer sich fortpflanzt, der wirft die nächste Generation in diese Todesmühle."

Gott: „Der Mensch ist dabei sich aus dieser Mühle herauszuarbeiten. Hat Medikamente gefunden, um nicht mehr Krankheiten hilflos gegenüberstehen zu müssen, hat sich Unterkünfte gebaut, um nicht mehr dem Wetter ausgeliefert zu sein, hat Gesetze erlassen um den Umgang miteinander in vernünftige Bahnen zu lenken."

Otto: „Kann ja sein, dass man dabei ist, sich zu emanzipieren. Aber macht einen das zufrieden? Man sollte sich die Frage stellen, ob man es für richtig befindet, geboren zu sein. Ist die Antwort nein, dann sollte man das mit der Kinderzeugung bleiben lassen. Und man sollte nicht irgendwelchen unglücklichen Konstellationen die Schuld geben, die einem das Leben vermiest haben, und nicht denken, beim Nachwuchs würde alles besser. Und man sollte auch keine Kinder machen, weil man im späteren Leben nicht alleine in einer Altenverwahranstalt sitzen will, ohne Hoffnung auf Besuch. Kinder sind auch kein Heilmittel gegen Depression oder sonst etwas."

Gott: „Apropos Depression: Vielleicht leidest Du an einer? Möglicherweise an einer hartnäckigen?"

Otto: „Das ist nicht auszuschließen. Aber das ändert nichts an der Realität. Die Realität sehen Depressive oft schärfer als die Gesunden. Der Blick des Gesunden ist oft getrübt von unrealistischen Erwartungen und Lebenslügen. Der Depressive lebt in der nackten Realität. Was kann man denn vom Leben erwarten? Etwas Lagerfeuerromantik in der Kindheit. In der Jugend ein bißchen Barrikadenfeuerromantik. Und viel Frust. Liebeskummer, Ärger in der Schule, Streß mit den Eltern. Und das auch nur, wenn es gut läuft. Wenn es schlecht läuft, dann überschatten Krankheiten schon diese Zeit. Wer einen Körper hat, ist nie in Sicherheit. In dem lauert genug, das das Leben zur Hölle machen kann. Und wird, wenn man lange genug lebt. Im Laufe des Lebens stößt einem viel zu, das sich ein Ungeborener erspart hätte: Tod von engen Angehörigen und Freunden, Sorge um den Arbeitsplatz, Krankheiten. Wenn man das übersteht, gelangt man zum Greisenalter, das die wenigsten Freuden als Ausgleich für das erlittene Leben bereithält. Demenz, Inkontinenz, körperlicher Verfall liegen auf der einen Seite der Waagschale; auf der anderen Seite befinden sich gelegentlich Schmerzlosigkeit und soziale Kontakte. All dies vollzieht sich ohne übergeordneten Sinn. Die Menschheit hat keine Aufgabe zu erfüllen. Lust kann die einzige Rechtfertigung sein, sich dem Leben zu unterziehen. Wie lange kann man sich mit Sex über Wasser halten, wie viel Sit-Coms kann man sich ansehen, bis einen der Ekel überfällt?"

Gott: „Du Proll. Schau Dir lieber eine Oper an oder geh ins Theater, wo Du dir ein anspruchsvolles Stück reinpfeifen kannst; ganz ohne Gelächter aus der Konserve."

Otto: „Auch Hochkultur hängt einem nach einiger Zeit zum Hals raus."

Gott: „Dann bau halt Modellflugzeuge oder besuche einen Jodelkurs."

Otto: „Das Gehirn des Menschen hat eine monströse Entwicklung genommen. Das gibt sich auf Dauer nicht mit dem kleinen Sinn zufrieden. Was fehlt, ist ein großes Wozu. Und das gibt es nicht."

Gott: „Jetzt sei nicht so auf dich fixiert. Betrachte dich als Mitspieler im Team Menschheit und baue eine Welt auf, die es nachfolgenden Generationen leichter macht."

Otto: „Arbeiten, damit künftige Generationen es besser haben? Es ist unrealistisch, anzunehmen, dass sich der Lebensstandard ständig verbessert. Wir haben eine Zeit rasanter technischer Fortschritte durchlaufen. Das lässt sich so nicht in die Zukunft fortschreiben. Aber gut, gehen wir mal von Fortschritten aus, von denen alle profitieren. Was wäre, wenn es gelingen würde, dem Durchschnittsbürger zu einem Lebensstandard zu verhelfen, den heute Milliardäre genießen? Wäre dann das Problem des bewussten Lebens gelöst? Und wie viel Generationen darf man auf dem Weg dort hin verschleißen? Man darf ja niemanden als bloßes Mittel zum Zweck betrachten. Das wäre ein Verstoß gegen die Würde des Menschen. Begeben wir uns zum maximal möglichen Endpunkt: Stell dir vor, man sei ins weltliche Paradies gelangt. Die bestmögliche Welt wurde hergestellt. Wie sähe die aus? Der natürliche Tod und Krankheiten wären abgeschafft. Die Alterung ebenso. Jeder Mensch könnte sich sein Wunschalter aussuchen. Ein gewaltiger Vorteil zum religiösen Paradies bestünde darin, dass man Aussteigen kann, wenn man dies wünscht. Schnell und schmerzlos. Die Gemeinsamkeit mit dem religiösen Paradies: Es gäbe kein Streben mehr, keine Hoffnung mehr auf Kommendes – Du hast jetzt in der Erfüllung zu leben! Und das ist eine unmögliche Aufgabe: Eine tausendjährige Party wird auf Dauer langweilig. Niemand müsste mehr arbeiten. Roboter und Computer würden alle Arbeiten erledigen."

Gott: „Freiwillig könnte der Mensch schon noch arbeiten. Das wäre aber ein gewaltiger Unterschied zu heute. Arbeit wäre nur noch ein

Zeitvertreib. Niemand hätte mehr das Gefühl er mache etwas Wichtiges, denn die Maschinen könnten alles erledigen. Und zwar besser. Selbstverantwortlich Auto fahren dürfte der Mensch nur noch auf eigens dafür hergerichteten Strecken. Im normalen Straßenverkehr würden die Autos selbst fahren. Reglementiert würde die Fortpflanzung. Sonst gäbe es schnell eine Überfüllung auf der Erde."

Otto: „Bei Letzterem bin ich mir nicht so ganz sicher. Wenn die Technik sich schon in bestmöglichen Zustand befindet, dann ist eine Besiedlung von anderen Himmelskörpern doch auch möglich. Die Menschheit könnte Planeten und Monde unseres Sonnensystems besiedeln, um dann in andere Sonnensysteme vorzustoßen. Die ganze Galaxie könnte bevölkert werden. Und selbstverständlich auch andere Galaxien. Zeit spielt nur noch insofern eine Rolle, als auch die Lebenszeit von Sonnen, Galaxien und vom gesamten Universum begrenzt ist."

Gott: „Vielleicht würde man auf außerirdisches Leben treffen?"

Otto: „Möglich. Aber ob auch bewusstes Leben dabei wäre? Meine Theorie ist, dass Lebensformen ab einer gewissen Entwicklungsstufe die Reproduktion einstellen. Wie auch immer, diese Besiedlungssache könnte dem Menschen für einige Zeit Kurzweil bereiten. Aber mir graut vor der Vorstellung, das ganze Universum mit Menschen zu bevölkern."

Gott: Während Du dich dem Ekel hingibst, mache ich weiter: Geld gäbe es nicht mehr, oder hätte zumindest keinen Wert mehr. Das wäre eine arge Sinneinbuße für Menschen, die bisher in der Jagd nach Geld aufgegangen sind. Das ist doch heute das große Plus des Kapitalismus. Kleine Erfolge können die meisten Mitspieler erzielen und wer das nicht kann, der kann immer noch auf einen Lotteriegewinn hoffen. So bleibt die Sinnpyramide am bestehen: unten die Kleinverdienenden und an der Spitze die Milliardäre. Denen fällt die Aufgabe zu in Luxus zu leben und den Eindruck zu vermitteln, dass das Leben im Überfluss ein Quell immerwährender Freude sei. Das ist auch ein harter Job. Nebenbei halten sie noch ein paar phil-anthropische Projekte am Laufen, um das Image aufzupolieren."

Otto: „Wie bereits gesagt: Jeder Mensch, der plötzlich im weltlichen Paradies wäre, hätte Sinneinbußen, denn dann wäre das Leben in der Erwartung vorbei. Man befände sich im Eigentlichen. Im Reich der Erfüllung. Kein Hinarbeiten mehr auf ein Ziel. Das wäre kaum ver-kraftbar. Man kann den Vorschlag machen, dass die Menschheit in der Kunst aufgehen solle. Jeder Mensch ein Künstler? Aber was ist ein Künstler ohne Publikum? Ein unglücklicher Kunstonanist. Andere Künstler sind kein gutes Publikum, weil Künstler ego-zentrisch sind und sich nur um ihr eigenes Zeug kümmern. Man müsste Maschinen konstruieren, die den Ergüssen der Menschheit Interesse schenken. Weil rein mechanisches Applaudieren keinen glücklich macht, müssten es Maschinen mit Bewusstsein sein. Das wäre der Gipfel der Unmenschlichkeit: Leidensfähige Wesen wären den künstlerischen Ergüssen der Menschheit ausgesetzt. Davon sollte man aus ethischen Gründen Abstand nehmen. Schließlich hat die Menschheit durch ihren Umgang mit Tieren genug Dreck am Stecken, da muss sie sich nicht auch noch an robotischen Daseins-formen vergehen. Kurz und gut: Ein Mensch, der sich der Erlangung der Unsterblichkeit gewidmet hat, und diese dann bekäme: Man muss sich diesen Menschen als unglücklichen Menschen vorstellen. Na gut, wirkliche Unsterblichkeit gäbe es nicht. Irgendwann wäre das Erden-leben vorbei, wenn unsere Sonne explodiert. Vielleicht auch schon vorher, wenn ein Ereignis eintritt, das man nicht auf der Rechnung hat. Vorm Sonnentod könnte man sich schützen, indem man auf andere Planeten oder Raumstationen übersiedelt, vorausgesetzt man findet noch freien Platz. Flüchtlingsströme, die sich von sterbenden Sternen wegbewegen, müsste man in die Besiedlungssache ein-kalkulieren. Wie auch immer: Spätestens, wenn das Universum endet, ist auch das Leben vorbei. Aber das sind alles Spinnereien. Es ist nicht zu erwarten, dass Krankheit, Alter und Tod besiegt werden. Und wenn doch, würde das den Menschen nicht glücklich machen. In der Erfüllung kann man nicht leben. Jedenfalls nicht länger als ein paar Tage. Halbwegs zufrieden kann man nur als Erwartender sein. Das Jenseits oder das Paradies im Diesseits würde keiner aushalten."

Gott: „Ja, ja. Das hast Du jetzt schon öfters gesagt. Ich habe es schon vor einiger Zeit aufgegeben dich von den Vorzügen des Paradieses zu überzeugen. Der Mensch ist unglücklich als Sterblicher, wäre noch unglücklicher als Unsterblicher: Was wünscht ihr Menschen eigentlich?"

Otto: „Am besten wäre es an ein Paradies zu glauben und nicht darüber nachzudenken, welche Konsequenzen es hätte, wirklich da zu landen. Aber wenn man den Zustand der seligen Naivität mal verlassen hat, dann führt kein Weg mehr zurück. Ich halte den Menschen für eine Fehlentwicklung. Er fragt zu viel und er denkt zu viel. Reden wir nicht über die Menschheit im allgemeinen. Machen wir weiter mit der Selbstbespiegelung: Ein so abgeklärtes Verhältnis zum Tod, wie ich zu Beginn unseres Dialogs dargelegt habe, habe ich nicht. Ich war noch zu sehr im Leben gefangen, als dass ich ehrlich hätte sein können. Leben besteht zum größten Teil aus Täuschung. Täuschung von sich und von anderen. Ein Schauspiel."

Gott: „Das stimmt. Lügen fängt schon früh an. Ich sah letztens eine Fernsehsendung, in der Kinder nach ihren Weihnachtswünschen befragt wurden. Da antworteten die – von ihren Eltern instruierten - Stöpsel Friede auf Erden und ähnliche Dinge. Die ernteten Applaus. Der Beifall verebbte, als sich einer eine Spielkonsole wünschte. Wer ehrlich ist, fällt unangenehm auf. So zieht sich das durchs Leben. Gefälligkeit geht vor Ehrlichkeit. Irgendwann hat man so eine Routine im Lügen entwickelt, dass man sich selbst nicht mehr glaubt, wenn man zufällig etwas Ehrliches sagt."

Otto: „Nun, jetzt habe ich mich so weit vom gewöhnlichen Leben entfernt, dass Ehrlichkeit möglich ist. Als Kind zog ich mir die Endlichkeitserkrankung zu. Der Schauder des für immer tot seins erfasste mich."

Gott: „Man merkt, dass Du viel allein warst im Leben. *Schauder des für immer tot seins*: So redet doch kein Mensch mit halbwegs vorhandenem Sozialleben. Wollt ich nur mal anmerken. Mach weiter!"

Otto: „Ich lag abends im Bett und stellte mir vor tot zu sein. Ich konnte mir zwar vorstellen, dass ich lange Zeit tot wäre, aber nie wieder am Leben zu sein, das belastete meine Vorstellungskraft. Ebenso dass meine Eltern sterben könnten. Ich wollte etwas erfinden, um den Tod zu besiegen. Kindereien halt. Als Jugendlicher las ich alles über Altersforschung, künstliche Organe und allerlei Zeugs, von dem man erhoffen kann, dass es hilfreich bei der Bekämpfung des Sensenmanns sein könnte. Ich musste einsehen, dass ein Sieg über den Tod Traumtänzerei ist. Im Zuge des Erwachsenwerdens wich der Schauder der dauerhaften Nichtexistenz; für Tote hat der Tod keine Dauer. Dafür nahm die Angst vor dem Sterben zu. Ein großkalibriger Revolver wäre immer mein Wunsch gewesen. Ein Revolver verleiht Freiheit. Zumindest die eine Hälfte der Freiheit, die andere Hälfte ist die Entschlossenheit zum richtigen Zeitpunkt auch abzudrücken. Eigentlich liegen beide Wahrscheinlichkeiten unter fünfzig Prozent, denn Glück braucht man auch noch, nämlich das Glück zum entscheidenden Zeitpunkt noch handlungsfähig zu sein. Wie dem auch sei, großes Kaliber ist wichtig, weil man natürlich nicht schwerverletzt irgendwo herumliegen will. Ich muss keine Leiden in Kauf nehmen - eine kleine Bewegung des Zeigefingers und mein Gehirn klebt an der Wand. Man hat keine Zeit seine Entscheidung zu bereuen. Wenn man von einem Hochhaus springt, dann vergehen noch ein paar Sekunden vom Zeitpunkt der Unumkehrbarkeit, also des Absprungs, bis zum Zeitpunkt des Todeseintritts. Sekunden, die viel Raum für entsetzliche Gedanken lassen. Das erspart man sich mit der Pistole. Der Eintritt des Todes erfolgt fast unmittelbar nach dem Unumkehrbarkeitszeitpunkt, also dem Abknicken des Fingers. Der letzte Gedanke spritzt an die Wand."

Gott: „Du scheinst dich ausgiebig mit dem Suizid beschäftigt zu haben. Wäre es nicht konsequent für alle, die Leben für eine Last halten, diesen Weg zu gehen?"

Otto: „Finde ich nicht. Suizid ist etwas für unheilbare Erkrankungen und ausweglose Lagen. Ansonsten denke ich, dass man, wenn man schon geboren ist, das Leben auch runterreißen kann. Albert Camus stellt gleich zu Beginn in *Der Mythos des Sisyphos* fest, dass es nur eine wichtige Frage gäbe, nämlich die des Selbstmords. Da stimme ich ihm nicht zu. Jeder, der Fragen stellt, befindet sich auf dem Weg zum Häcksler. Ob man da etwas verkürzt oder nicht, spielt kaum eine Rolle. Die wirklich wichtige Frage, ist die nach der Fortpflanzung. Ob man den genetischen Staffelstab weitergeben sollte, oder ob es besser ist, Evolutionsaussteiger zu werden: Das ist die Frage, die die größte Bedeutung hat und die man sich zeitig stellen sollte. Also möglichst, bevor man sich in Sachen Fortpflanzung vor vollendete Tatsachen gestellt hat. Selbsttötung ist auch gar nicht so leicht durchführbar. Es gäbe keine sicheren Suizidmethoden, betonen Psychologen, die sich der Suizidprävention widmen, immer wieder. Abschreckung mit der Aussicht auf Überleben unter ungünstigen Umständen. Auf der Intensivstation aufzuwachen, ausgeliefert der modernen Apparatmedizin und vollkommen unfähig zu sein, sich durch eigene Hand aus dieser Lage zu befreien, ist sicher kein angenehmer Gedanke. Die besagten Psychologen haben ja recht: Sanfte Methoden sind unsicher. Wer sich mit Schlaftabletten vergiften oder sich mittels Exit-Bag ersticken will, muss befürchten zu früh gefunden zu werden. Auch harte Methoden führen nicht immer zum Erfolg. Man kann Stürze aus großer Höhe überleben und selbst eine Kugel aus einer klein- bis mittelkalibrigen Pistole, in den Kopf geschossen, ist keine Garantie für ein Ableben. Hinzu kommt, dass auch Todesentschlossene nicht von der Vorstellung angetan sind, sich von einem Zug zerfetzen zu lassen. Und sie wollen eventuell den Zugführer nicht traumatisieren. Auch haben Suizidwillige in der Regel Verwandte und Freunde, denen sie sich verpflichtet fühlen. Wer Suizid als elegante Alternative zum Nie-Geboren-Werden empfindet, weiß nicht, was er da daherredet.“

Gott: „Na gut. Dann lass es halt auf natürliche Weise auslaufen.“

Otto: „Heute ist es sicher leichter, gewollt kinderlos zu bleiben. Früher musste man entweder keusch sein, oder gleichgeschlechtlich zur Sache kommen."

Gott: „Ach was. Wem beim Stichwort heterosexueller Sex nur vaginaler Geschlechtsverkehr einfällt, der ist ein Einfaltspinsel. Es gibt so viele Spielarten, bei denen garantiert kein Kind entsteht. Außerdem kann man immer noch selbst Hand anlegen."

Otto: „Du empfiehlst Onanie?"

Gott: „Ja und? Ich habe nie was dagegen gehabt. Wenn Du auf die Geschichte des Onan anspielst: Der wurde bestraft, weil er sich weigerte, die Frau seines verstorbenen Bruders zu schwängern. Nicht, weil er seinen Samen auf die Erde spritzte. Diese Stelle wurde nur in die Geschichte eingefügt, weil man illustrieren wollte, dass Onan nicht impotent war. Und außerdem bleibt unklar, ob Onan onanierte, oder ob er Coitus Interruptus praktizierte. In letzterem Fall wäre nur die Absicht bestraft worden, denn faktisch ist diese Methode zur Verhütung nicht geeignet."

Otto: „Gut. Wichsen ist also in Ordnung. Was ich vorher meinte: Heute muss man nicht mehr vom vaginalen Geschlechtsverkehr Abstand nehmen. Schließlich gibt es Pille, Kondom und Vasektomie. So hat man ausreichend Mittel um Fortpflanzung zu unterlassen."

Gott: „Fortpflanzung ist aber nicht nur eine Sache der Geschlechtsorgane, sondern auch eine des Kopfes. Nicht von ungefähr findet man Babys so süß, und nicht zufällig werden immer wieder Samenbankmitarbeiter und Ärzte verhaftet, weil sie Frauen mit dem eigenen Sperma befruchtet haben. Der Gedanke seine eigenen Erbanlagen fortbestehen zu lassen, ist attraktiv."

Otto: „Ja, die Sache der Antinatalisten ist natürlich aussichtslos. Aber man wird wohl noch träumen dürfen. Was wäre, wenn sich die Menschheit die Aufgabe des Lebens zur Lebensaufgabe machen würde? Wie jemand, der den Entschluss zum Suizid gefasst hat, oft seltsam heiter ist, so könnte auch die letzte Generation Menschen das zarte Glück der Resignation genießen. Nichts muss mehr erreicht werden. Die Schwere weicht, wenn das Ende naht. Untätig müsste keiner sein. Es gäbe noch einiges zu tun. Die Abwicklung der Menschheit ist eine anspruchsvolle Aufgabe. Aufräumarbeiten, Atommüll entsorgen und so gut verwahren, dass er die nächsten Jahrhunderte kein Problem für die Umwelt darstellen würde; Industrieanlagen rückbauen, die Anzahl der Haustiere schrittweise reduzieren, um sie letztlich auf Null zu bringen. Die Hauptsorge gälte natürlich der Pflege der Menschen. Irgendwann wäre die letzte Generation alt und es gäbe keinen Menschen mehr, der als Pflegekraft arbeiten könnte. Bis dahin müsste die Pflege so automatisiert sein, dass den Mitgliedern der letzten Generation noch ein würdevolles Sterben möglich ist. Wobei man natürlich darauf zu achten hätte, dass eventuell eingesetzte Pflegeroboter nicht bewusstseinsfähig wären. Das wäre nicht so schön: Die Menschheit verabschiedet sich und lässt von ihm konstruierte Wesen in der Daseins-Patsche sitzen."

Gott: „Apropos Bewusstsein: Es gibt ja mehrere Tierarten, die Bewusstsein aufweisen. Müsste man die nicht auch abschaffen?"

Otto: „Ich halte nichts davon auch andere, vom Menschen unabhängige, Tierarten zu erlösen. Wie gesagt, der Mensch ist nicht die Krone der Schöpfung und hat somit auch nicht über den Fortbestand von anderen Tierarten zu entscheiden. Allenfalls bei den Menschenaffen könnte ich mir eine Sterilisation vorstellen, weil sie dem Menschen so ähnlich sind, dass es unvorstellbar ist, dass ihre Sache gut ausgeht."

Gott: „Sterilisieren? Indes sind Aktivitäten auf das Gegenteil gerichtet: Forscher wollen mittels Gentechnik ausgestorbene Arten wie das Wollhaar-Mammut oder die Wandertaube wieder zum Leben erwecken."

Otto: „Wenn ich könnte, dann würde ich die Hände über dem Kopf zusammenschlagen. Diese Arten haben es überstanden. Und nun will man sie wieder in diesen sinnlosen Kampf werfen."

Gott: „Ich denke, Du musst den sinnlosen Kampf, den dein Leben darstellt, weiterführen. Fühlt sich so an als würdest Du bald aufwachen. Deine Hände haben schon gezuckt, als Du dein letztes Statement abgegeben hast. Bald wird dir wieder der ganze Körper gehorchen. Ich mach mich jetzt vom Acker."